KB237327

문지스펙트럼

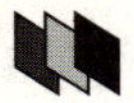

한국 문학선

1-015

# 내가 당신을 얼마나 꿈꾸었으면

김형영

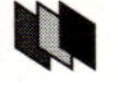

문학과지성사

**한국 문학선 기획위원**

김치수 / 홍정선 / 김동식


**문지스펙트럼 1-015**

## 내가 당신을 얼마나 꿈꾸었으면

지은이 / 김형영
펴낸이 / 채호기
펴낸곳 / (주)문학과지성사

등록 / 1993년 12월 16일 등록 제10-918호
주소 / 서울 마포구 서교동 395-2 (121-840)
전화 / 편집부 338)7224~5 팩스 / 323)4180
영업부 338)7222~3 팩스 / 338)7221
홈페이지 / www.moonji.com

제1판 제1쇄 / 2005년 11월 4일

ISBN 89-320-1645-3
ISBN 89-320-0851-5(세트)

ⓒ (주)문학과지성사

내가 당신을 얼마나 꿈꾸었으면

내가 당신을 얼마나 꿈꾸었으면

# 차례

나의 시를 말한다

1966년 여름~1979년 가을

# 서시

나는 눈이 멀어 이젠 아무것도 볼 수 없으니
강아지야 강아지야 방울을 흔들어라.
네 가는 모가지가 떨어져서
네 가는 모가지에 맺힌 몇 방울의 피도 떨어져서
증발해 공중으로 사라진 뒤에도
강아지야 강아지야 방울을 흔들어라.

우릴 노리는 것은 도둑놈이 아니다.
밤이 깊어도 나는 가진 것이 없고
내일은 그를 만나야 한다.
이렇게 허전하게
이렇게 아름답게
때때로 네가 공중으로 방울을 흔들면
나는 공중에서 헤맨다.

내일 내일 그리고 또 내일
그를 만날 약속은 끝없고

나는 가진 것이 없어도 행복하다.
기다리는 반짝임의 이 호젓한 시간
나는 얼굴이 없어도 행복하다.

# 鬼面

어둠 속에서 까무러지는
눈은 눈이 아니다.
우리는 잠들고
우리의 혼을 쫓는
개 짖는 소리,
그 소리는 귀면에 무늬를 긋고
국법을 꼬여 달아나는구나.
천년의 눈동자 속으로 달아나는구나.

# 네 개의 부르짖음

1. 까마귀

회색 하늘을 머리에 이고
까마귀가 운다.
늙은이가 새벽에
창밖으로 기침을 끝낸 뒤
넋을 잃고 흰 달을 바라볼 때
까마귀는 저 혼자 무덤을 판다.
가난한 자의 무덤
늙은이의 무덤을.
우리가 천국이라고 부르는 곳에
아, 우리들의 넋으로 우는 까마귀.

2. 여우


흰 두루마기도 장죽(杖竹)도 없이
도사가 된 백여우야
어둠 속에 길로 서서 네가 기다리는 것,
이젠 다 둔갑해서 너를 노린다.
대지의 이름으로 킹킹거리며
킹킹거리며 너를 노리는
그들은 가졌다
이빨과 꼬리를,
백 개의 얼굴을,
그들은 가졌다
죽일 수 있는 권리,
더 만족할 만한 법을.

3. 박쥐

너는, 내 가슴속에
내 두 눈과 가랑이에
그 욕설을 참을 수 없는가.
수 세기 동안
세월 가는 줄도 모르고 참아온 욕설,
내가 잠들 수 없게 퍼붓는 욕설,
그러나 어느 날
밤은 돌처럼 굳어지고
나는 네 가슴속에 꿈꾼다.
영혼에 대하여
나의 감각과 무능에 대하여,
행여 그것이 나를 놀라게 하고
나를 죽일지라도
나는 꿈꾼다, 꿈꾸는 나조차도.

4. 구렁이

홀로 저문 날
우는 구렁이
이 땅을 비로 덮고
어둠마저 덮으려는가.
솔밭 너머 황토백이
당골, 바위 속
죽어서도 숨어서 우는 구렁이
널 그리는 네 울음은 끝없고
끝이 없어 다시 돌아와 우는 구렁이
허공과 같아라.

# 벌레

나는 옷을 벗는다.
물결이 인다, 먼 곳에서
그림자 같은 눈들이 바라본다.

떨어라, 온몸을 쥐어뜯으며
오늘 밤이 나를 괴롭힌다.

싸늘한 햇빛 사이
돌아와 누운 삶의 구렁 속에서
날름대는 혓바닥에서

육체는
떨면서 얼어붙은
한겨울의 눈이다.

# 잠시 혼자서

잠시 혼자서 바다가 되어보라.
그러면 심장은 파도를 치겠지.
한 생각은 물고기가 되고
다른 한 생각은
죽어가는 사람이 꿈꾸는 하늘,
바람이 분다.
잠들면 안 된다
바다가 진짜 돌이 될 때까지
돌을 부수고 그대가 될 때까지.

# 갈매기


새빨간 하늘 아래
이른봄 아침
바다에 목을 감고
죽은 갈매기

# 능구렁이

여름을 지낸 아이의 무덤 속에서
능구렁이가 운다.
누런 하늘이 그 울음 끝을 떨며 지나간다.

밤이나 낮이나 천리 적막을 애자지게 우는 놈아,
너는 영원한 동경의 몸짓으로
아이의 울음을 운다.
유령들은 킥킥거리고
나는 썩어버린 내 얼굴의 표정을 본다.

능구렁이가 운다
능구렁이가 운다
그 울음소리는 적막 속에
내 얼굴을 던진다.

# 나의 악마주의


   1. 문맹

내 어린 애인을 입맞추어라
징그러운 눈이여,
네가 달아날 때는
미친 내 잔등의
긴 물결, 거품 속으로
보랏빛 속으로
사랑은 침몰하여 바르르 떤다.
그 울림은
분 바른 고요를 부풀게 한다.
꾸밈없는 여름밤의 속눈썹을 움켜쥐고
먼동이 튼다.
불편한 대낮에도
무능에도 低俗에도
나는 장님이 아니었다.

2. 만남


아버지의 죽음이 왔다 간 다음날은
그 다음다음 날에는
겁에 질린 독약을 놓고
그대가 뜨는 눈초리마다 숨결로 타오르며
어디로 달아날까.


인경을 치던 몸살도
몸살하는 바람도 떼지어 사라지고
그 마지막 남은 흔적도 이제 없다.


목이 잘린 육체 속에서 얼굴을 내밀듯이
달달달달 떠는 사랑이여
어디로 달아날까.

3. 공포

나의 피는 밀물쳐
바다로 돌아간다.

내가 잡을 수 없는
검은 덤불 속에 등불이 켜 있다.

등불은 내 오장육부에 들어와
회충이 되어 기어다니며
밖에서는 바람이 꽃 속에서 분다.

문 앞에 우뚝 선 두려움
두려움의 두려움이여
다른 곳에서의 바람이여
나는 눈멀었다, 바라보면서
눈멀었다, 떨면서.

4. 流産


이 방에 있으면서, 나는
지옥을 기웃거리는
한 마리 개똥벌레가 되었다.
골목마다 시퍼렇게 나는 알몸은
불에 그슬려
비틀거리고 빠져나가고
때로 잠투정한다.
밤바다에서 치솟는 별 없이
달아나는 풀의 예배당에 들어갈 수 없다.
나의 캄캄한 하품은
이제 나의 게으름을 알고 있다.
그칠 줄 모르는 눈빛 화살로
바위들을 쪼면서
오월과 유월을 붉게 핀다.
나는 나의 배꼽을 후벼내고

지옥의 꽃대궁 속으로
오장육부를 동댕이쳤다.
파도 치는 어둠이 내 이마를 짚고……
미친다 미친다 미침은 하늘이다.
바라보라, 아무 데서나
웃는 계집의 자궁 속에서 죽어가고 있는
표정 없는 얼굴로
떨어지는 알몸의 내가 다시 살아날 때
바라보라, 죽음만이 우리를 미치게 하는 것을.

# 뱀

알록달록한 무늬를
쏟아지는 하늘로
날름대는 뱀이여
네 혓바닥에서 솟아오르는
먼동,
순수한
네 부름에 불려간 육체는
미지의 하늘에 박힌
뱀이여, 언제나
널 따르는 動亂을 노래한다.

# 개구리


한 해가 가고
또 다른 한 해의 봄이 올 적마다
새로 물들어 피어오는
개구리 소리,
그 소리는 언제나 개골개골 울어대지만
내 앞을 가로막고 울어대지만
나는 네게로 갈 수가 없다.
그저 네 소리 그리며
어디로
어디로
걸어갈 따름이다.

# 풍뎅이

모가지를 비틀어다오
모가지의 이 하얀 피를 비틀어다오
여름 하늘이 윙윙거리는 어지러움을
어지러움에 묻힌 쾌락을

비틀어다오
비틀어다오
고통 주는 것이 아니라면
꿈꾸게 하는 것이 아니라면

국법도 하느님도 깃들이지 않는
우리들
모가지,
모가지,
모가지의 이 하얀 피의 문을 비틀어다오

오, 우리의 왕국인 무덤아.

# 금붕어

금붕어들은 어항 속에서 헤엄을 친다.
꼬리를 흔들며
지구처럼 동그란 어항 속에서
금붕어들은 헤엄을 친다.
비늘이 금빛으로 빛날 때까지
금붕어들은 날마다 헤엄을 친다.

금붕어들은 새끼를 깐다.
지구처럼 동그란 어항 속에다
어미처럼 노란
어미처럼 선량한 새끼를

금붕어들은 끝없이 새끼를 깐다.
새끼의 새끼를
새끼의 새끼의 새끼를
어미보다 선량한 새끼
새끼보다 선량한 새끼 새끼 새끼 새끼를……

금붕어들은 마침내 익숙해진다.
점점 더 透明한
지구처럼 동그란 어항 속에서
금붕어들은 즐거이 헤엄을 친다.
금붕어들,
금붕어들,
오, 우리들의 금붕어들……

# 올빼미


그는 숲속에서 산다
그는 숲속 깊이깊이 숨어서 산다
사람들의 눈을 피해
일을 끝낸 하느님처럼

그는 낮에는 잔다
뜨거운 태양 아래서
밤을 기다리는
커다란 두 눈 뜬 채

날뛰는 짐승들의 표독한 발톱
발톱마다 묻어나는 피
피에 돋아나는 울부짖음을
그는 보지 못한다

밤을 기다리는 올빼미여
허공 같은 눈구멍이여

그는 끝끝내 보지 못한다
눈구멍에 어리는 풍경조차도

# 모기


모기들은 날면서 소리를 친다
모기들은 온몸으로 소리를 친다
여름밤 내내
저기,
위험한 짐승들 사이에서

모기들은 끝없이 소리를 친다
모기들은 살기 위해 소리를 친다
어둠을 헤매며
더러는 맞아 죽고
더러는 피하면서

모기들은 죽으면서도 소리를 친다
죽음은 곧 사는 길인 듯이
모기들,
모기들,
모기들,

모기들은 혼자서도 소리를 친다
모기들은 모기 소리로 소리를 친다
영원히 같은
모기 소리로……

# 내 가슴에 가슴을 댄

내 가슴에 가슴을 댄
내 입술에 입술을 댄
너는 죽어서 돌아오고
돌아와서 내 앞을 가는구나.
가도 가도 끝이 없어
다신 못 돌아올
이젠 내가 죽어서
네 뒤를 따를까보다.
그래 어디든 끝에 닿으면
우리 두 가슴 불을 지르고
순한 짐승처럼 별이나 되어볼까.
별 중에서 제일 작은 별로나 되어볼까.

# 그대는 門前에


그대는 門前에
다 썩은 木魚 한 마리 걸어놓고
동해바다 물소리 보고 있느냐
전생의 네 얼굴 보고 있느냐

# 내가 당신을 얼마나 꿈꾸었으면

내가 당신을 얼마나 꿈꾸었으면
당신은 말을 잃고 내게 오는가.
사랑이라는 말
죽음이라는 말

내가 당신을 얼마나 꿈꾸었으면
당신은 내가 부를 이름도 없이 내게 오는가.

보이지 않는 당신
보이지 않는 육체
그럼에도 당신은 살아 있다.
어둠 속 깊이깊이
내 마음속 깊이깊이
내가 당신을 꿈꾸는 것처럼
당신은 나를 꿈꾸고

우리는 우리만의 세계를 가지리.

사랑의 힘으로
죽음의 힘으로
다시는 깨어날 수 없는
시간의 힘으로

천국이 있다면
우리가 그 천국을 가지리.

# 나는 네 곁에 있고 싶구나

사랑하는 이여
나는 네 곁에 있고 싶구나.
네 눈과 함께
네 입술과 함께
네 배와
네 젖가슴,
네 가랑이와
캄캄한 네 호수와 함께 있고 싶구나.
네 살과
네 피
할딱이는 네 숨소리와 함께

밤이나 낮이나
나는 네 곁에 있고 싶구나.
내가 창문을 닫으면
오, 발가벗은 네 몸뚱어리
눈부시어 오래 바라볼 수 없는

네 몸뚱어리,
그래 이 몸 구렁이 되어서
네 온몸을 친친 감고 싶구나.
네 가장 깊은 곳,
어둠 속으로
어둠 속으로
내 대가리 처박고
한몸이 되고 싶구나.

# 同行

어디서 내 발소리 듣고 있느냐.
하늬바람 마파람
회오리바람,
바람의 떼들 모여서
우리 같이 살 자리 트는데

어디서 내 발소리 듣고 있느냐.
어느 귀신이 너를 꼬여
옷 벗기고 할딱이며
밤샘하기에
이리도 오래 나를 기다리게 하느냐.

풀어진 머리칼 그대로
할딱이던 가슴 그대로
피 묻은 손톱 그대로
내 발소리 따라
발소리 따라 달려오너라.

달려와서
오, 소녀야
네가 풍경이 되어다오.
내 가슴 다시 떨리게 해다오.

# 저승길을 갈 때는

저승길을 갈 때는 춤을 춰야지.
춤추는 건 죽어도 못 하겠으면
춤추듯 사뿐사뿐 걸어가야지.

저승길은 가시밭길
샛길은 없고,
돈 주고 백 써도
샛길은 없고,
자가용 몰고 갈 찻길도 없어
우리는 맨발로
맨발로 걸어가야 하네.

저승길을 갈 때 괴롭지 않게
저승길을 갈 때 무섭지 않게
사는 동안 춤추는 건 익혀둬야지.
흥겨운 일 없더라도
하루에 한 번,

남 보기 창피하면
밤으로 한 번,

그도 저도 할 수 없거든
마음속으로,
사람들아
사람들아
춤추는 걸 구경쯤은 자주 해둘 것.

# 斷想

　　　*

오, 계절이여
올해의 봄을 봄이게 하라
내가 죽어서
강물로 흘러서
그대의 산속으로 들어가 푸르게 하라

　　　*

여름은 소리를 이룬다
나를 닮은 얼굴로
날뛰는 공기
나는 한 점 메아리로
나에게 돌아올 수 있을까

　　　*

흐르는 물
흐르지 않는 물이 다리를 놓는다

하늘은 하늘이 아니다
죽음도 죽음이 아니다
나는 그대를 보지 못한다


　　*


멀리서 가까이서
그대의 기도 소리 들린다
아니, 그건 바람 소리
나는 돌처럼 굳어져서
마른기침도 할 수가 없다

# 지는 달

이제 지는 달은 아름답다
캄캄한 하늘에
저리 밀리는 구름떼들 데리고
우짖는 草木 사이에서
이제 지는 달은
6천만 개 눈 깜짝이는 바람에
다시 뜨리니

누가 이 세상 벌판에 혼자 서서
먼 草木 새로 지는 달을
밝은 못물 건너듯 바라보느냐
4월 초파일
절간에 불 켜지듯 바라보느냐

한 해에도 가장 캄캄한 밤에
우리 모두 바라보는 사람들,
바라보는 눈길마다

지난날은 되살아 머뭇거리다가
멀리 사라진다

이제 지는 달은 아름답다

# 이 몸 바람 되어

이 몸 바람 되어
도봉산 꼭대기
바윗덩이에
노란 꽃 하나로 피어서
쉬고 싶어라.
눈비 다 맞으며
덜덜덜 떨다가
차라리 돌꽃이 되어
쉬고 싶어라.
산길 나그네들
지친 걸음걸이 두루 살피며
한평생
그냥 그렇게 쉬고 싶어라.

1979년 가을 이후~1992년 봄

# 가을 물소리


내가 죽으면
이 가을 물소리 들을 수 있을까.
피 맞은 혈관의 피와도 같이
골짜기 스미는 가을 물소리

하늘 저물면 물로 접어서
동해로든 서해로든 흘려보내고
이 몸의 피 다 마를 때까지
바위에 앉아 쉬어볼거나.

이 몸의 피 다 말라서
그냥 이대로 물소리같이
골짜기 골짜기 스며볼거나.

## 우리들의 하늘


우리가 바라보는 하늘은
어둠에 갇혀 있네.
두 손을 꼭 잡고
이마를 맞대고
먼동을,
먼동이 트기를
기다리고 기다리던 하늘

바람은 온몸으로 어둠을 밀어내지만
그건 헛일
모두 헛일
바람도 지금은
우리와 함께 이마를 맞대고 우네.
우리가 잠들지 않게
우리가 절망하지 않게

기다리고

기다리고
기다리는……
우리에게 기다림은 끝없는 것인가.

우리가 바라보는 하늘은
지금도 어둠에 갇혀 있네.

# 떠도는 말들

떠도는 말들은 내가 곧 죽으리라는 확신으로 떠돌아다니지만, 나는 아직 조금은 色도 쓸 수 있고 詩도 쓸 수 있고 커피도 그전보다 진하게 마신다.

죽음은 나의 친구로서
우리는 한통속이고
내가 죽으려 하면
죽음은 오히려 나를 타이르고
그래 나는 그런 죽음이 좋아
날마다 죽음과 더불어
노닥거리고
낄낄거리고
죽음 위에 누워 잠들기도 하는데

떠도는 말들은 여전히
내가 시커먼 죽음 속을 헤맨다고
떠돌아다닌다.

죽음이 시커멓게 생겼다면
그건 참으로 즐거운 일인데
떠도는 말들은 떠도는 말들끼리
나를 죽일 듯 떠돌아다닌다.

아 뭣도 아닌 떠도는
떠도는 말들 때문에
나는 좀더 살아야겠다.
하루에도 열 잔 스무 잔씩
진한 커피를 마시며
멀뚱멀뚱 살아야겠다.

# 오늘밤은 굿을 해야지

오늘밤은 굿을 해야지.
내 창자마다 붙어 있는 귀신들
처녀귀신들
그 예쁜 아가리마다
삶은 고구마 하나씩 물려주고
밤새도록 굿을 해야지.
다시는 내 피 못 빨아먹게
뾰족한 이빨들 다 빠져버릴 때까지.

이빨 없는 입으로야 뭘 빨아도
빠는 거야 즐거운 일
내 창자의 피 빠는 맛보다야
천배 만배 즐거운 일
그건 오히려 서로가 즐거운 일

오늘밤에는 그 짓을 한층 더 즐겁게
밤새도록 가르쳐줘야지.

함께 사는 삶을 가르쳐줘야지.

# 나그네 1


별아 별아 나의 하느님
캄캄한 하늘 뒤에 숨어 있다가
毒 묻은 화살처럼 쏟아져 내려
내 온몸에 쏟아져 내려
바르르 바르르 떠는
나의 하느님,
어디로 갈까
어디로 갈까
밤 새워 이 밤
어디로 갈까

# 나그네 2


죽음아,
내 너한테 가마.
세상을 걷다가 떨어진 신발
이젠 아주 벗어던지고
맨발로 맨발로
너한테 가마.

# 겨울 풍경


빈 나뭇가지에
새 한 마리
온종일 노래도 없이
흔들리고 있다.

구름이 구름의 말로
바람이 바람의 말로
말을 걸어도
마지막 잎새 되어
흔들리고 있다.

저 혼자 풍경이 되어
흔들리고 있다.

# 가을은

지금은 가을
우리 잠시 이별을 하자.
부모와 잠시
아내와 잠시
형제와 잠시
사랑하는 사람과도 잠시

지금 앓고 있는 사람은
자신과 잠시

가을은
고독한 사람의 머리 위에
손을 얹는 계절이다.

# 따뜻한 봄날

어머니, 꽃구경 가요.
제 등에 업히어 꽃구경 가요.

세상이 온통 꽃 핀 봄날
어머니 좋아라고
아들 등에 업혔네.

마을을 지나고
들을 지나고
산자락에 휘감겨
숲길이 짙어지자
아이구머니나
어머니는 그만 말을 잃었네.
봄구경 꽃구경 눈감아버리더니
한 움큼 한 움큼 솔잎을 따서
가는 길바닥에 뿌리며 가네.

어머니, 지금 뭐하시나요.
꽃구경은 안 하시고 뭐하시나요.
솔잎은 뿌려서 뭐하시나요.

아들아, 아들아, 내 아들아
너 혼자 돌아갈 길 걱정이구나.
산길 잃고 헤맬까 걱정이구나.

# 배추꽃의 부활


나 비틀거리는 삶이 되어
더는 죄지을 힘도 없고
용서를 빌 염치도 없사오나
어머니,
한 말씀만 하여 주소이다.

지난날을 생각하면
지옥벌 면할 바늘구멍 하나 없고
그건 또한 만부당한 일이오나
어머니,
한 말씀만 하여 주소이다.

오늘 배추밭에 앉아
노란 배추꽃을 바라보다가
배추꽃 한 송이에도 부끄러웠사오나
어머니,
한 말씀만 하여 주소이다.

나 이제는 아주 눈물이 되어
그냥 배추밭에 앉아
배추꽃 바라봄만으로 행복하오나
어머니,
한 말씀만 하여 주소이다.

# 꽃밭에서


어두워서
하얀 꽃
바라보고 있으면
꽃은 오히려
나를 바라보고

나를 바라보는
꽃
바라보고 있으면
나는 비로소
나를 본다.

눈뜨고는 차마
바라볼 수 없는
누더기 같은
나를 본다.

# 엉겅퀴꽃

온 천지 다 마다하고
오늘 내 앞의
한밤의 들녘에
아으, 쏟아지는 눈부심

어떤 가슴이기에
옴짝도 하지 않고
수천 개 독 묻은 화살
선 채로 맞았는가

엉겅퀴꽃이여
너를 죽인 화살이
너로 하여 살아나서
죽음도 하나의 꽃잎이 되는 것을

누군들 이 은총 피할 수 있을까

# 별 하나

별 하나 아름다움은
별 둘의 아름다움,
별 둘 아름다움은
별 셋의 아름다움,
별 셋 아름다움은
별 여럿의 아름다움,
별 여럿 아름다움은
별 하나의 아름다움,

별 하나 별 둘 어우러지고
별 둘 별 셋 어우러지고
별 셋 별 여럿 어우러지고
별 여럿 별 하나 어우러지고

아름다운 하늘의 별
어느 별 하나
혼자서 아름다운 별 없구나.

혼자서 아름다우려 하는
별 없구나.

# 나이 40에

돼지 눈에는
부처님도 돼지로 보이는 것이라고
노스님 말씀에
"그야 그렇겠지요"
무심코 머리 끄덕였는데

그때 나이 곱절 가까운
40이 넘은 오늘에
하늘의 별을 세듯 곰곰 생각해보니
그 말씀이 나를 두고 한 말씀만 같아
밤낮없이 후회롭다.

오늘 내 눈에 보이는 것
개도 돼지도
그네 새끼들까지도
다 안쓰럽고 가련해
사람같이만 보이나니

어제의 나같이만 보이나니.

# 귓속말


너와 내가 주고받은
귓속말
아무도 듣는 이 없네.

아무도 듣는 이 없어
너와 내가 주고받은
귓속말

어제는 맺힌 가슴 풀어주더니
오늘은 쇠고랑 되어
나를 가두네.

# 상리 1


뒷동산에서
물끄러미,
보인다
게딱지 같은 집
서른셋
모두들 호호호
하늘을 보고
몸을 녹인다.

단조롭게
어두워가던 하늘에
번지는
평화

# 통회 시편 6


뱀보다 더 아름답게 우는 것은 없다.
뱀은 하늘을 원망하지 않고
사람을 원망하지 않고, 다만
스스로를 동여매며 운다.

땅 밑으로 밑으로 달아나며
내 탓이요
내 탓이요
내 큰 탓이라고
가슴을 치며 통곡할
거룩한 손도 없이
꿇어야 할 무릎도 없이
뱀은 스스로를 동여매며
온몸으로 운다.

뱀은 나의 오랜 친구로서
친구인 나는 뱀에게 말했다.

가거라, 울부짖음아
죄지은 내 심장의 고동과도 같고
습관처럼 가슴을 치는
내 더러운 손 같은 울부짖음아
가거라, 사람들이 모여
너를 죽이려고 막대기를 들기 전에.

오, 뱀이여
너는 아름다워 죄를 짓는구나.

# 차 한잔

물을 끓인다.
呪文처럼 중얼중얼
수증기가 달아난다.

맹물 같은 내 얼굴에
낯 뜨겁게
가슴 뜨겁게
첫사랑이 잠긴다.

너무 뜨거운 건 싫어.
적당히 맹물도
적당히 연애도
적당히 뜨거울 때
차〔茶〕를 띄운다.

봄눈에 아지랑이 놀듯
맹물이 흔들리고

첫사랑이 흔들린다.

아, 이 흔들림이 멈추기 전에
홀로 마시는
차 한잔.

# 나이 마흔이 넘어서도

나이 마흔이 넘어서도
마음 못 비우고
만사에 기웃거리는,
너나 나나
어리석기는
가리옷 사람 유다와 다를 것이 없으나
용케도 예수 없는 시대에 나서
천벌은 면하고 살아가는구나.
사탄은 면하고 살아가는구나.

# 日記

잘 익은 똥을 누고 난 다음

너, 가련한 육체여

살 것 같으니 술 생각나냐?

# 밥

예수는 스스로를 밥이라고 했다.
우리 앞에 상을 차려놓고
어서 먹으라고
먹고 힘을 내라고
스스로 밥이 된 예수.

예수는 스스로를 술이라고 했다.
우리 앞에 잔을 채우면서
어서 마시라고
마시고 맘껏 취해보자고
스스로 술이 된 예수.

그는 무엇이 되어도 좋았다.
그는 우리들의 밥이었으므로
그는 우리들의 술이었으므로
우리도 그렇게 사랑하라고
무덤까지 비워버린 예수.

그런데 우리는 그의 곁을 떠나고 있다.
밥이 되기 싫다고
그건 바보 멍텅구리 짓이라고
그렇게 살 수 없다고
먹고 마시며 죽어가고 있다.

# 모래밭에서


여름 어느 날, 나는
바닷가 모래밭에 앉아
종일토록 바다를 바라보았다.
파도는 모래 위에 밀려와
땀 뻘뻘 흘리며 출렁거리다가
엉금엉금 기어 달아나고,
달아났다가는 다시
힘을 내어 밀려오고

바다가 하는 일이란
오직 한 가지,
파도를 시켜
바다의 찌꺼기들을
모래 위에 밀어내고
달아나는 일뿐.

그러나, 그러나, 그러나

내가 바다를 안다고 말하기엔
바다는 너무 넓고
멀었으며,
모른다고 하기엔
그날 나는 바닷가에 있었다.

# 기다림이 끝나는 날에도

기다리는 님이 오지 않았기에
어제도 오늘도
또 내일도 오지 않았기에

기다림이 끝나는 날에도
기다리는 님은 오지 않았기에
나는 님을 누군지 알 것만 같다.

# 내가 드는 마지막 잔을

내가 드는 마지막 잔을
그대 눈물로 채워다오

내 눈물은 말랐거니
다른 날을 볼 수 없으리

# 너는 누구


고양이의 진실은 쥐가 제일 잘 안다는데
내가 제일 잘 아는
너는 누구?

쉴 새 없이
먹이를 주고,
쉴 새 없이
일을 주고,
보이는 곳에서
보이지 않는 곳에서
노려보며
웃어보며
나를 부리는 너는 누구?

나를 맘대로 부리는
부릴 줄밖에 모르는
너는 누구?

내가 제일 잘 아는
너는 누구?

누구?
누구?
누구?
호명을 해봐도
호명되는 나 말고
누구?

아니 아니
나를 제일 잘 아는 너는
누구?

# 아멘


독자가
없기 때문에
시를 쓰는
것이다.

丘庸 선생님
불소주 몇 잔 드시고
외로움도 따라
거푸거푸 드시고
물끄러미 날 바라보시더니

내 어리석은 삶의 사장육부 비집듯
꿈틀꿈틀 써내린 글씨,
삼십여 년 전
첫 강의 시간에
입이 마르도록 하신 말씀
오늘 다시

마지막 강의하듯
써내린 글씨,

그 글씨 바라보다
낯뜨겁고 부끄러워
바로 보진 못하고
돌아서서 창밖에
눈감고 듣네.

아멘
아멘
아멘
독자가
없기 때문에
시를 쓰는
것이다.

# 만약에

만약에 내가 나의 삶을 무대 위에 올린다면
관객들은 말할거야,
"너무 시시하군."

만약에 내가 너의 삶을 무대 위에 올린다면
관객들은 말할거야,
"연극은 인생이야."

만약에 내가 우리 모두의 삶을 무대 위에 올린다면
관객들은 말할거야,
서로의 얼굴을 쳐다보면서
"난장판이군."

만약에 내가 우리 모두의 삶을 올려놓은 무대 위에서
누군가 한 사람, 바로 너를 빼버린다면
넌 말할거야,
"이건 사기야."

그러나 우리들은 사는 동안
인생을 무대 위에 올린다.
가짜의 가짜의 가짜의 인생을.

시간은 가고 또 가고, 관객들은 사라지고
등장인물도 무대감독도 연출자도 사라지고
무대 위에 남은 건 오직 한 가지

오, 텅 빈 무대여

# 변산 난초

시향 지내려고
변산 운산리 선영에 갔다가
거기 무덤마다 빙 둘러서
난초들이 무더기로 자라 있기에
가시덤불 사이사이
소나무 사이사이 자라 있기에

고려가 망하자
쿠데타로 세운 조선에서는
녹을 먹지 않기로 마음 세우고
변산 산중까지 숨어들어와
벼슬과는 아예 뒷짐 지고 살다가
죽어서는 또 대대로
멀쩡한 난초가 되어 살아 있기에

한참이나 허리 굽혀 바라보는 나에게
서울 가서 굽실굽실 간살 떨며 사는 나에게

난초들은 한꺼번에 돋아나서는
내 눈앞을 가로막고 푸르르기에

이대로 돌아서긴 부끄럽고 서운해
날마다 바라보며 살아보려고
그중 제일 푸르른 난초 한 포기
내 책상머리에 옮겨 마주앉으니
꽃은 이내 시들시들 시들어버리고
이파리는 새 되어 날아만 가네
나더러도 같이 돌아가자고
앞서거니 뒤서거니 날아만 가네

1992년 봄 이후~2000년 봄

# 扶安

아직도 편안한가
그대 내 숨이여
이젠 아주 말뚝이 되어
쉬시라

꽃 피면 꽃과 함께
바람 불면 바람과 함께
그대 내 숨이여
쉬시라

그대 곁에 가서
그대 숨소리 들으며
그대 지붕 아래
편안히 잠들 때까지

그대 내 숨이여

# 무엇을 보려고

무엇을 보려고 그대
들에 나갔더냐
바람이더냐 바람에
흔들리는 갈대이더냐

사람에 시달리고 문명에 시달린
무엇을 보려고 나갔더냐
하늘이더냐 하늘에
못 박힌 어느 별이더냐

집을 버리고
생각을 버리고
그대 무엇을 보려고
들에 나갔더냐

아니면 그대
그대여, 무엇이 이 어두운 밤

길도 없는 길로
그대 발길을 인도하였더냐

# 蘇來寺

봄이 오고 있었다
겨울이 지나간 자리에 햇살이 졸고 있었다
곰소 앞바다가 졸음에 겨운 눈을 뜨고
문도 없는 문을 열고 들어오고 있었다
나고 죽음의 이 바다에서
나고 죽음을 벗어나
나고 죽음이 없는 세상으로 떠나가셨다는
해안 스님은 아직도 떠나가고 있었다
대웅전 처마 끝의 풍경 소리로
전나무 숲길을 내며 떠나가고 있었다

다시 태어나면 찾아오려고
날이 새면 다시 찾아오려고

* 소래사는 전북 부안 변산에 있는 내소사의 옛 이름.

德談


머물지 말라
바람이 골목을 빠져나가듯
배반에도 사랑에도
사람에게도,
한 번 걸리면 약도 없다는
종교에도
머물지 말라
본 것에도 느낀 것에도
빈 밥그릇에도
머물지 말라
원하는 것이 지옥에 있거든
지옥을 향하는
能動能行하라
能動能行하라

# 압록강
—— 金周榮 형에게


무너진 국내성을 돌아
압록강 선착장에서
밤늦도록 바라보나니,
바라보는 것만으로
죄가 되던 강물이여

하늘에 등을 단
달빛 때문에
달빛 때문에
내 갈 길을 막고서
밤에도 흐르는 강물이여

# 새벽달처럼

밤하늘에 구멍처럼 박혀 있던 달이
박힌 자리에 흔적 하나 남기지 않고
떠오르고 떠오르고 또 떠오르더니
새벽달이 되어 서녘으로 사라져가듯
점잖으신 걸음걸이로 사라져가듯
죽게 하소서, 그렇게

## 하늘과 땅 사이에


눈 덮인 산중
늙은 감나무
지는 노을 움켜서
허공에 내어건
홍시 하나,

쭈그렁밤탱이가 되어
이제 더는
매달릴 힘조차 없어
눈송이 하나에도
흔들리고 있는
홍시 하나,

하늘과 땅 사이에
외롭게 매달린 예수처럼
바람으로 바람 견디며
추위로 추위 견디며

먼 세상 꿈꾸고 있네

# 독백
—— 鄭喜成에게


사람은
새보다 더 곱게 노래할 수는 없지만
들꽃보다 더 아름답게 꾸밀 수는 없지만
사람은
죄를 질 수 있고
지은 죄 뉘우칠 수 있고
빌 데가 있어 행복하구나

# 인생

내가 산 곳이 이 세상뿐이니
이곳보다 더 아름다운 곳 어디 있으리
내가 본 곳이 이 세상뿐이니
이곳보다 더 추한 곳 어디 있으리

살아온 날도 보았던 것도
다 눈감아버리고
이제 한바탕 꿈이나 꾸어볼까
깨지 못하는 꿈이나 연습해둘까

# 화창하신 웃음
—未堂 선생님께


내가 사는 모습이 고달파 보일 때면
내게 아직 남은 복이 있거든 가져가라 하시고
있는 복 없는 복 다 챙겨주셨는데

내 가슴속 감동이 메말라 보일 때면
어린 날의 그 벌거벗고 즐거웠던 일들을
기억의 다락방에서 꺼내어
그걸 사진 찍어
가슴속에 걸어두었다가
가끔씩은 꺼내 보라고
낄낄낄 웃으며 꺼내 보라고

그러면 어느새 좋은 생각들이
봄날 들판에 풀잎 돋아나듯
가슴을 디밀며 디밀며 솟아난다고
당신 생각의 샘물을 길어주셨는데

그래도 아직 숨겨둔 비밀 하나는
蓬蒜山房에 가득하네
그 화창하신 웃음
그 훤칠하신 웃음
주어도 주어도 마르지 않는
그 화창하신 웃음의 힘으로
그 훤칠하신 웃음의 힘으로
영생하소서


* 봉산산방은 서정주 선생님의 堂號.

# 눈물

모른다 모른다
모른다고
다 아는 사람들 앞에서
세 번씩이나 배반한 뒤에도
열리는 새벽

괴로움에 가슴을 치며
사흘 밤 사흘 낮을
눈물이 빠져나간 눈에도
고이는 눈물

배반의 날은 새고
몸도 눈도
둘 데가 없어
뒤돌아 떠나려 하지만

배반한 자일지라도

세 번 아니라 일곱 번을
일곱 번 아니라
일흔 번이라도 용서하리라는
님의 말씀에
마음 열리고
눈이 열리고

하늘이 열리는

# 이름


아빠, 저게 뭐야?
별
별이 뭐야?
이름이란다
그럼 그냥 별이라고 부르면 돼?
그렇단다
아름답다라고 하면 안 돼?
친구라고 하면 안 돼?
엄마라고 하면 안 돼?

아이는 별을 배우고 아빠는 기침을 한다
별을 배운 아이는 아빠가 되고
아빠가 된 아이의 아이도 묻는다
별을 배우기 위해서
아빠와 똑같이 어른이 되기 위해서
하늘에 목을 매달 듯
저게 뭐야?

뭐야?
뭐야?
?표를 던지면
아빠는 대답한다
별 별 별
보기만 해서는 안 된다
이름을 알아야지
아빠가 지은 이름을
이름을 알면 별은 영원히 돌이 될 수 없고
바다가 될 수 없고, 아이가 될 수 없고
아름답다가 될 수 없고
친구가 될 수 없고
엄마가 될 수 없고
아이가 어른이 되어도
별은 별이 되고
저만 아는 이름도 별이 되고
아이는 끝끝내 저만 아는 이름을

부르지 못한다
아빠가 되기 위해서
세상에서 내가 되기 위해서

# 누구신가 당신은
— 김대건 신부 순교 150주년에 부쳐


1


누구신가
거기 붉은 옷을 몸에 두르고
머리에는 면류관을 쓰고
개선가를 부르며 하늘로 하늘로 오르신 이여!


2


작은 산언덕
솔뫼에서 태어난 생명 중의 생명
박해의 회오리바람에 싸여
일곱 살에 고향을 떠나
열여섯에 하느님의 부르심을 받고
마카오까지 가신 이,
당신은

누구신가
겨레의 영혼을 구원하려는
이 한 생각 화두 삼아
맨몸으로 걸어 걸어 몇만 리,
못 먹고 지쳐 눈구덩에
반나마 죽어 잠이 들 때는
잠이 들 때는
일어나 걸으라는 말씀으로 살아나신 이,
당신은

누구신가
수호천사 라파엘 작은 목선 하나로
성난 바다에 돛대도 키도 던져버리고
조국을 떠난 지 10년 만에
이 나라 최초의 목자가 되어 돌아오신 이,
흩어진 양떼를 돌보려 찾아왔으나

우리를 잡아먹으려고 짖어대는 개들이
우글대는 그런 조국을 더더욱 사랑하신 이,
당신은

누구신가
선교사의 입국로를 열어주려고
연평도 앞바다 등산곶에 갔다가
그만 그 길로 끌려가
오히려 쇠사슬에 손발이 묶여
신문과 회유와 주리를 트는 고문에도
나는 죽여도 뒤이어 또 신부가 올 것이라고
오늘의 이천오백여 명 목자를 예언하신 이,
당신은

누구신가
신부 되어 열석 달 만에
사학 죄인으로 사형 선고를 받고

해괴한 피의 제사의 제물이 되신 이,
북한산과 도봉산과 관악산이 굽어보는
한강의 새남터 모래밭에서
비웃음이 소낙비처럼 쏟아질 때
여러분은 내 말을 믿으시오
내가 외국인과 교제한 것은 오직
우리 교를 위하고 우리 천주를 위한 것이니
내 앞에는 영원한 생명이 시작되려 합니다라고
하늘과 땅에 외치신 이,
당신은

누구신가
마침내 옷이 벗겨지고
얼굴에는 회칠당하고,
화살이 두 귀에 꽂혀도
스스로 꼿꼿이 세운 목에
'19세기 조선의 망나니' 열두 명의

서슬 퍼런 칼날이 돌아가며 내리쳐도
스물여섯 살의 눈빛, 캄캄한 하늘을 뚫고
쏟아지는 햇살보다 더 눈부시던 이,
당신은

누구신가
마지막 외침의 어떤 것은
돌개바람이 되어 떠돌고
어떤 것은 먹구름 속 천둥이 되고
또 어떤 것은 별이 되신 이여!


3


순교자 김대건 안드레아,
제 목이 떨어질 수밖에 없다면
그것은 당신의 뜻을 이루기 위해서라고

변칙 없는 하느님의 법칙을 따르신 이여

이제 모래밭에 뿌려진 피 다시 생각하며
150년으로 울부짖나니
승리자 김대건 안드레아,
당신 아니 죽어 살았었다면
누군들 믿음의 얼굴로 살다 죽을 수 있으리오
누군들 희망의 얼굴로 살다 죽을 수 있으리오
누군들 사랑의 얼굴로 살다 죽을 수 있으리오
당신 아니 죽어 살았었다면!

# 행복

나이 들면서
슬픈 일에는 눈물이 나지 않고
기쁜 일에 자꾸 눈물이 나네

새벽닭이 울기 전에
주님을 모른다고
세 번이나 배반한
베드로의 텅 빈 눈에
먼동이 틀 때

베드로의 남은 눈물을
내 마음속
두 손바닥에 받으면서
나는 비로소 나를 보네

# 들을 귀가 있으면 들으시라

한여름, 하얀
찔레꽃 피고
찔레꽃 피고
땀이 흐르고
지나가던 바람도
눈이 시린 하늘도
헐떡이는 가슴
잠시 쉬고 있나니
허공에선 쏟아지듯
뻐꾸기 운다

산더러 들으라고
나무도 들으라고
풀도 골짜기도 들으라고
길도 사람도 들으라고
하늘의 나팔 소리같이
뻐꾸기 운다

아, 온 천지 다 적시고
목이 타는
우리들 마른 가슴속
골목골목을
비를 몰고 오는
천둥 번개와 함께
심판의 소낙비같이
뻐꾸기 운다

# 알긴 뭘 알아


알긴 뭘 알아
안다는 거지
혼자서는 모르니까
혼자서는 안 되니까
끼리끼리 모여 안다고 우기는 거지
없는 것도 있고, 보지 않은 것도
보이지 않는 것도
보았다고 우기면 본 거지

예수는 하느님이라고
(혹은 사람이라고)
예수는 독생성자라고
(혹은 장자라고)
예수는 부활했다고
(혹은 소생했다고)
예수는 재림한다고
(혹은 환생한다고)

끼리끼리 모여 그렇다면
그런 거지

모르는 건 모르는 것이고
몰라도 되는 건 몰라도 되는 것인데
그건 죄가 아니니까
그저 괄호 속에 넣어두면 되는 것인데
저승에 가서나 알 일들까지
(정말 저승이 있는지는 또 누가 알아)
끝끝내 살아서 알려고만 그러니
어쩌랴, 법에 걸리는 일이 아닌걸
어쩌랴, 돈이 생기는 일인걸

그게 진짜 사는 맛인걸

# 사랑의 꽃, 부활이여

그들은 알지 못했다
그분의 빈 무덤을
그들은 알지 못했다
그분이 부활하신 것을
사흘 동안이나

가장 가까이에서
말씀을 듣고 따랐는데도
그들은 믿지 않았다
십자가에 못 박히고
묻히고, 마침내
부활하리라는 것을
그들은 믿지 않았다
닥쳐올 고난의 문들을 닫아걸고
분노와 자만심과
욕망의 다락방에서

그분이 그들 곁에 오시어
함께 거닐 때도,
이야기를 나누고
음식을 먹을 때도
그들은 알아볼 수 없었다
손바닥의 못 자국과
창에 찔린 옆구리에 손을 넣기 전에는
그들은 알아볼 수 없었다
두려움에 눈이 감겨 있었기에
부끄러움에 눈을 감아버렸기에

눈 뜨자,
新生의 눈을 뜨자
죽은 땅에서 돋아나는 새싹처럼
마른 나뭇가지에 벙그는 꽃처럼
이 봄에,

혼백을 다해 눈을 뜨자
진실과 사랑뿐이었던
그분의 발자취를 따라
그렇게 산 나의 삶의 부활을 위해,
사흘이 아니라
지금, 바로
내가 부활하기 위해

# 네가 켜는 촛불은

네가 켜는 촛불은 희미하나
촛불을 켜는 네 마음은 하늘이구나

촛불을 켜는 마음아
네가 이 세상의 풍경이 되거라

# 엠마오로 가는 길에

반 고비 나그네 길에
저문 날이여
허름한 식탁에 산처럼 앉아
이는 내 몸이라고 빵을 떼어주실 때
이는 내 피라고 술을 따라주실 때
그 무릎에 엎드려
황소울음을 울던 사람,
그 사람 혹 내가 아니었을까

# 저녁 연기

배고프고 서러워
소리라도 한번 쳐볼까 하고
언덕에 오르니
굴뚝마다 피어오르는 저녁 연기
나보다 더 가벼워라

# 가라지

밀밭에 가라지가 자라고 있네
밀처럼 자라고 있네
함께 살아가자고
사는 게 다 그런 거 아니냐고
저 혼자 고개 들고 자라고 있네

# 평화

단칸짜리 방이나마 도배를 하고
방바닥에 큰 대(大)자로 누워
천장을 바라보는 날이여
이렇게 마음 편할 줄이야
평화가 거기 숨어 있을 줄이야

# 네가 죄로 죽으니

네가 죄로 죽으니
죄짓고도 나는 사는구나

밤새도록 마셔도
술 한잔

# 바람

어디로 떠난다 해도 거기 내가 머무나니
님은 나의 두려움 없는 자유라

# 前夜

여행 떠나는 전날 밤 설레이듯이
저승 가는 그날에도 설레일 수 있다면

# 자화상

몸도 마음도 병이 들어
누운 채 바라보는 하늘이여
어디로 가는 구름 한 점이라도
반갑구나 반갑구나
살아서 바라보니 반갑구나

# 수호천사

꽃들 벙글고
잠자리떼 날고
강아지 조으는,
이 세상에서 가장 아름다운
손바닥만 한 가을 햇볕에
흑요석을 깜박이며
아장아장 걸어오시는
우리 아가야,
너는 보았니!
네가 넘어질 때
네가 칭얼댈 때
너를 안아주시는
그분,
너와 똑같이 생긴
그분

2000년 봄 이후~2004년 가을

# 노루귀꽃


어떻게 여기 와 피어 있느냐
산을 지나 들을 지나
이 후미진 골짜기에

바람도 흔들기엔 너무 작아
햇볕도 내리쬐기엔 너무 연약해
그냥 지나가는
이 후미진 골짜기에

지친 걸음걸음 멈추어 서서
더는 떠돌지 말라고
내 눈에 놀란 듯 피어난 꽃아

# 가을 하늘

몇 십 년을 두고 가슴에 든 멍이
누구도 모르게 품안고 살았던 멍이
이제 더는 감출 수가 없어
멀건 대낮
하늘에다 대고
어디 한번 보기나 하시라고
답답한 가슴 열어 보였더니
하늘이 그만 놀라시어
내 멍든 가슴을 덥석 안았습니다
온통 시퍼런 가을 하늘이

# 수평선 1

하늘과 바다가 내통하더니
넘을 수 없는 선을 그었구나

나 이제 어디서 널 그리워하지

# 올해의 목련꽃

울타리 넘어 이웃집
하얀 목련꽃,
지난해에도
지지난해에도
洞內坊內 시끄럽게 꽃피우더니
해가 가도 여전한
바람난 목련꽃,
올해에는
집집으로 호명하듯 피어서
저 좀 보셔요 저 봄 보셔요
속곳도 없이
소복을 펄럭이는 통에
온종일 그걸 바라보던 하늘이
그만 낯이 뜨거워
노을 속으로
노을 속으로 숨어버리네

# 촛불 하나


마음이 가난한 이들이 켜는 촛불 하나
굶주린 이들이 켜는 촛불 하나
우는 이들이 켜는 촛불 하나
박해받는 이들이 켜는 촛불 하나
오늘 밤 내 병든 몸 밝히려고
저 혼자 타고 있는 촛불 하나
허공으로 흔들리거라

# 봄, 일어서다

봄, 일어서다.
한강을 건너 국립극장을 지나
성 베네딕도 수도원 가는 길
왼편
비 소식이 없는데도
키 큰 나무들
젖고 있다.

쏟아지는 햇살에
풀잎이 일어서고
흙이 일어서고
산허리 휘감은 공기
온몸으로
눈뜨고 있다.

백태가 벗겨지듯 하늘이 열어 놓은
바람의 집에서는

생명들이 알몸의 춤을 추고 있다.
(함께 추실까요?)
유혹에 못 이긴 척 꿈틀꿈틀
더 늙기 전에 어디 한번
나도, 일어서볼까.

# 깊은 슬픔

1

나는 네 뒷모습을 사랑한다
저주와 욕설과 돌팔매와
손가락질을 당하면서도
꽃나무를 찾아 그 뿌리 밑으로
밑으로 달아나던
네 뒷모습을 사랑한다


2

캄캄한 구멍 속에서
무슨 꿈 같은 꽃이라도
한 송이 피워보려는 것이냐
아침 햇살에 놀란 듯
산속으로 스미는 새벽 안개처럼

네가 꼬리를 감춘 자리엔
벗어 놓은 허물뿐
네가 뒤집어쓴 죄악의 허물뿐


3


너를 매몰치던 바람은
어디서 떠돌다 왔는지
그 가쁜 숨 몰아쉬는 바람에
온 땅이 꿈틀거려
만물이 놀라 눈을 뜨는데
하늘은 또 네 이름을 부르면서
나오라고
어서 나와 보라고
한바탕 소나기를 쏟아붓는데

4


울렁이는 가슴, 떠오르는 무지개여
사람이 어떻게 알았겠느냐
캄캄한 구멍 속에서
겨우내 참았던 네 깊은 슬픔이
하늘 높이 떠오를 줄을
너와 나 사이에 다리를 놓을 줄을

# 告解

원수 같은 놈
원수 같은 놈 죽어나버리지
되뇌듯 미워했는데
오늘 세상 떠났다는 소식에
내 앞길을 막으며
하얗게 쌓이는 아득함이여

# 밤눈


눈이 쑤신다
낮에는 멀쩡하던 눈이
밤이면 쑤신다
밤을 새워 쑤신다
불을 켜지 않았는데도
불빛이 박히듯 쑤신다
내가 아직도
누굴 미워하고 있는 것인가

안약을 넣어도
한 방울이 아니라 연거푸
두 방울
세 방울을 넣어도
계속 쑤시는 것은
내 눈 속에 무슨 잘못된 것이
박혀 있는 것인가

밤새워 아파야 하는
무슨 잘못이 하나
깊이깊이 뿌리박고 있는 것인가
눈을 감아도 보이지 않는
눈을 떠도 보이지 않는

# 거울 앞에서 2


웃어보려 해도
웃어보려 해도
웃음이 나오지 않아
거울 앞에 와서
물끄러미 바라보는
내 얼굴이여
평생이 한꺼번에
부끄럽구나

# 수평선 3

얼마나 아득하기에
천 번 만 번
처음인 양 밀려왔다 밀려가는가
아무리 꿈꾸어도 가 닿지 못하는
너와 나 사이
둥근 금줄이여

어느 하루 편한 날 없었다
빛이 끝나는 그곳을
바라보고 바라보고 바라보아도
잴 수 없는 거리여
하늘의 천둥 번개도
바다의 해일도 지우지 못하는
내 마음 수평선이여

"너!"


내 마음 水面에 떨어진 말씀 한마디
그 파장이 어떠했던가

변산바람꽃


너, 거기 피어 있었구나
가만히 들여다보니
봄바람은
네 작은 꽃 속에서 불고,
가난해도 꽃을 피우는 마음
너 아니면
누가 또 보여주겠느냐
이 세상천지
어느 마음이

# 나의 시 정신

내가 살아서 가장 잘하는 것은 멍청히 바라보는 일이다.
산이든 강이든 하늘이든, 하늘에 머물다 사라지는 먹장구름
이든, 그저 보이는 대로 바라보는 일이다. 한밤중 홀로 (깨
어) 수곡지에 낚시를 드리우고 찌를 바라다보듯 그렇게 바라
보는 일이다. 무슨 새가 울고 무슨 꽃이 피고 질 때도 그 이
름 같은 건 기억하지도 않고 그냥 무심히 바라보는 일이다.

겨우내 땅속에 숨었던 생명들이 궁금해지면 봄비를 시켜
그 땅속 생명들을 불러내시는 하느님처럼 지난 기억들을 불
러내어서는 마음벽에 걸어 놓고 또 그걸 한없이 바라보는 일
이다. 아예 눈감고 누워 꾸벅꾸벅 졸듯이 바라보는 일이다.

그러다 어느 날 어딘지 거기 눈앞을 어른대는 것들 사이사
이로 나를 바라보는 내가 보이기라도 하면, 두렵고 부끄러워
그만 돌아눕고 돌아눕고 돌아누워버리지만, 깊어가는 밤중
의 별처럼 더 뚜렷해지는 내 삶의 그림자여. 그래도 자꾸만
끼어드는 보이는 것, 보이지 않으면서 보이는 것들까지도 멍

청히 바라보기만 한 이 일 하나는 참 잘한 것 같기도 하다.

## 안녕 안녕 안녕


그냥 떠날까 하네
어디 갈 곳이 있는 것도 아니고
갈 곳이 있다 해도
오늘은 발길 따라 떠나고 싶어
그동안 내 발길이 가고 싶었던 곳이 어디였는지 궁금도 하고

한눈도 팔면서
천천히 걸어볼까 하네
입김 만한 봄바람에도
무슨 일이 있나 궁금해서
놀란 듯 꽃을 쫑긋 세우는 노루귀꽃,
손바닥에서 졸랑대던
강아지풀도 만나고 싶어

목적 없이 떠나는 이번 여행은
어떤 여행이 될까
떠나기도 전에 어느덧

이해되지 않던 것들이 갑자기 이해되고
용서할 수 없었던 일들이 용서가 되고……

누가 그리워도
돌아오진 않을 작정이네
이대로 길이 일어설 때까지
마냥 게으름을 피우고 싶어
그러니 나의 육체의 벗이여
안녕 안녕 안녕

# 주님 안아보리라


기뻐하여라
내 안의 구유 속에도
품에 안기듯 오늘
오시는 생명,

밤새 숨어 있던 태양이
새벽 하늘로 떠오르듯
사람이 되시어
우리 가운데
어서 오시는 숨결,

그 생명 그 숨결로
가난한 이들은
하늘나라를 차지하리니
지금 굶주리는 이들은
배부르게 되리니
지금 우는 이들은

웃게 되리니

기뻐하여라
오늘 밤
내 마음 두 손으로
주님 안아보리라

# 행복합니다

행복합니다
마지막 돌아갈 곳이 어딘지
분명히 알고 사는 사람

행복합니다
돌아갈 곳이 어딘지 알아
그 길을 닦으며 가는 사람

행복합니다
먼 여정에도 가지고 갈 것이라고는
남에게 베푼 것뿐인 사람

가지고 갈 것이 하나도 없어
살아온 흔적조차 남기지 않은 사람
당신은 행복합니다

살아서는 조롱과 부끄러움에

비틀거리지 않은 날이
하루도 없었나니

# 나는 낫지 않는 병을 가지고 있으므로

1

나 자신을 구원해보려고 낫지 않는 병을 가진 지 40년, 오늘 밤에도 바쁘게 어둠을 펴놓는 별들을 바라보다가 별들 사이에서 문득 형의 얼굴이 떠올라 두서는 없지만 나의 그동안의 이런저런 넋두리를 몇 자 적어봅니다. 그런데 막상 나의 이 넋두리를 들어줄 사람이 형 말고 이 세상에 몇이나 될까 헤아리다 보니 그만 쓸쓸해집니다. 형이 가까이 있으니 쓸쓸해 할 필요가 없다고 다짐은 해보지만 말이오. 내일은 이 쓸쓸함을 위해 한잔 마셨으면 합니다.

2

형을 생각할 때마다 형을 나의 친구로 인연을 맺어준 어떤 보이지 않는 힘에 나는 늘 감사합니다. 우리가 처음 만났을

때를 기억해보십시오. 나는 떨떠름하고 시퍼런 땡감이었습니다. 형도 그렇게 여겼을 것이 분명합니다. 내가 보아도 형과 형의 친구들에 비해 나는 초라한 촌뜨기였으니까요. 그래도 형은 나를 촌뜨기라고 무시하거나 외면하지도 않았고 오히려 도시의 한 새로운 일원으로 내가 동참하는 것을 묵인해주었습니다. 어떤 호기심 때문에 그랬었나요? 촌뜨기에게서 한 방울의 신선한 이슬 냄새라도 맡았었나요? 어쨌든 그것은 참으로 마땅하고 올바른 판단이었습니다. 왜냐면 그때—감히 이렇게 말하는 것을 허락해준다면—나의 문학에 대한 열정은 벌써 미지근해진 도시 녀석들의 아궁이를 뜨겁게 달군 한 작은 불쏘시개 역할을 했으니까요. 미지근한 것은 하느님도 뱉어버린다고 하였습니다. 뜨겁지도 차지도 않은 말만 무성한 도시 녀석들의 문학열은 뜨뜻미지근한 맹물같이만 느껴졌었습니다. 그후 오랜 동안 형은 나의 보이지 않는 힘이 되어주었고, 더 바랄 것 없는 친구가 되어주었습니다. 나 또한 형의 친구가 되어주었던 좋은 추억을 가지고 있습니다. 그래서 내일은 우리의 우정을 위해 한잔 합시다.


3


술이라는 말을 꺼내다 보니 형의 이름 그 영문 이니셜 Y는

꼭 술잔 같습니다. 술잔 중에서도 그중 아름다운 포도줏잔 같고, 포도줏잔 중에서도 가장 고급스런 붉은 포도주를 담으면 안성맞춤인 그런 투명한 잔같이만 보입니다. 언젠가 평론가 O형이 "인생은 포도주에 비하면 초라하다"고 말한 바 있지만, 투명한 잔에 삼분의 일쯤 따라 놓은 붉은 포도주는 언제 보아도 황홀하지요. 십자가의 예수께서도 이런 잔에 담긴 붉은 포도주였다면 그 깊은 슬픔의 입술을 한번쯤은 적시지 않았을까 하는 생각이 들기도 합니다. 나는 한때, 포도주를 백 병 마시면 천국에 들 수 있다는 바람으로 죽어라 포도주만 마신 적도 있었습니다. 그런 연상 때문인가요. 형을 보면 진한 취기와 함께 어떤 신령스런 영을 느낍니다. 아니 그게 제 눈에는 보입니다. 그것은 내가 낫지 않는 병이 깊어가면서 보이기 시작했습니다. 포도주에는 알코올과 성령이 함께 섞여 있어 그걸 마시는 사람에 따라 술에 취하기도 하고 성령에 취하기도 하는 것 같습니다. 나는 선과 악을 하나로 보듯 술과 영도 하나의 짝이라고 생각합니다. '악은 선의 결핍'이라고 하지만, 선과 악은 영원히 떨어질 수 없는 좋은 짝입니다. 그러고 보면 우리 사이도 선과 악의 사이인지도 모르겠습니다. 물론 누가 선이고 누가 악인지는 아무도 모릅니다. 형도 모르고 나도 모릅니다. 아무튼 우리는 비틀거리며 살아왔기에 40년을 좋은 추억을 만들면서 살아오지 않았나

싶습니다. 어느 날 형이 술에 취해 비틀거릴 때 나는 이런 생각을 한 적도 있습니다. "저 사람 지금 술에 취한 게 아니라 성령으로 충만한 건 아닐까?" 그래요, 술이든 성령이든 좋은 것은 다 우리를 취하게 하지요. 비틀거리게도 하고, 때로는 웃음거리로 만들기도 하지만 말이오.


4


　두 번 다시 떠올리고 싶지 않지만, 문학이라는 것에 미쳐 고향을 등지고 도시로 와서 내가 이 낫지 않는 병에 걸린 것은 무엇 때문이었겠습니까. 그것은 나 자신을 구원해보려고 스스로 선택한 병 아닙니까. 나는 수평선의 끝의 깊이와 같은 이 낫지 않는 병 때문에 많은 밤과 낮을 바쳤고, 때때로 내가 머지않아 가 닿을 정착지를 그려보기도 했습니다. 그리고 이 소중한 병과 함께 그 정착지에 도착하기 위해 오로지, 김동리 선생님께서 기도문처럼 강조한 말씀, 읽고(보고) 생각하고 쓰기를 계속했습니다. 꼬리가 보이지 않는 긴 시간입니다. 사실 형이 잘 알다시피 내가 낫지 않는 병을 가지고 산 날들은 참으로 힘든 나날이었습니다. 그 여정은 형도 잘 알고 있을 것입니다. 나는, 이건 내 신념이기도 하지만, 아무리 가까운 친구에게도 누가 되지 않는 사람으로 서 있기 위해

할 수 있는 한 낮게 낮게 살아왔습니다.


5


내가 첫 시집 『침묵의 무늬』를 펴냈을 때, 나의 병을 가장 먼저 진단한 사람은 바로 형이었습니다. 물론 형은 나의 가까운 친구였기에 누구보다 나를 깊이 안다고 할 수도 있지만, 모두들 내 시에서 악마를 읽고 갈 때 형은 먼산바라기 증후군을 읽었던 것입니다. 김아무개는 '시선(視線)의 시인'이다, 이것이 형의 진단이었습니다. 형도 기억하고 있을 거요. 한때 나는 관음(觀音)이라는 말을 화두로 삼고 산 때도 있었지요. 관세음보살의 그 준말로서의 관음이 아니라 그냥 그 말이 좋아서 나는 소리를 보고 싶다고 뇌까렸지요. 소리를 본다, 그래요, 이제 나의 병이 깊어가니까 가끔 소리가 보이기도 합니다. 풍경을 보듯 소리도 보고, 마음도 보일 때가 있습니다.


6


지식인은 배우면서 사는 것 같고, 지성인은 배운 것을 응용하면서 사는 것 같고, 그러나 예술가는 배운 것을 지우면서 사는 사람으로 생각하고 싶습니다. 세상의 모든 것을 처음 보듯이 놀란 눈으로 보기 위해서는 배운 것을 지우지 않으면 안 되니까요. 보이는 모든 것들이 하나의 거룩한 생명임을 깨닫는 그런 눈으로 보기 위해서는 당연한 것 아닐까요. 그런 점에서 예술가는 종교적이지 않을 수 없겠습니다. 종교는 예술에 의해 지속되니 말입니다. 마음의 눈으로 새롭게 본 것은 버릴 것이 없습니다. 마음의 눈의 깊이는 '우주의 끝의 깊이'와 같아서 잴 수가 없으니까요.


7


　나의 낫지 않는 병은 먼 곳을 바라보는 일을 멈추지 못하는 꿈꾸는 병입니다. 나를 찾아 헤매는 병, 처음부터 없는 것이거나 보이지 않는 것을 찾는 것이 아니라 보이는 것을 통해서 없는 것처럼 있는 것을 찾는 것입니다. 존재하지 않으면서 존재하는, 보이지는 않지만 계시는 하느님을 찾듯이 말입니다. 그러기 위해 나는 내 마음 안에 또 하나의 눈을 갖지 않으면 안 된다고 생각했습니다. 이렇게 낫지 않는 병이 깊어지니까 결국 나는 육체의 병까지 얻어 저승을 가까이 한 적도 있었습니다. 오랜 시간 다 떨어진 신발을 신고 고통을 친구 삼아 함께 걷지 않으면 안 되었었지요. 그러나 이 육체의 병으로 나는 아주 소중한 것을 하나 깨닫게 되었습니다.

　　그대는 단 한 가지 계명을 받았다.
　　사랑하라, 그리고 마음대로 하라.
　　입을 다물어도 사랑으로 하고
　　말을 해도 사랑으로 하라.
　　나무라도 사랑으로 나무라고
　　용서해도 사랑으로 용서하라.
　　마음 깊이 사랑의 뿌리를 내려라.
　　그 뿌리에선 오직 선(善)만이 싹트리라.
　　　　　　　　　— 아우구스티누스, 「요한1서 강론」

　육체가 영혼을 구원한 셈입니다. 이 말씀을 잘못 읽어 한때 호교론적인 시를 쓰기도 했지만, 시를 신앙의 꼭두각시로 만드는 어리석은 짓을 계속하지는 않았습니다. 이제는 거짓말은 하지 않겠노라고 보이지 않는 보혈(補血)에 친구도 했었습니다. 내게는 거짓말을 할 시간이 없습니다. 인간에 대한 사랑 없이는 그 무슨 비단결 같은 말일지라도 '요란한 꽹과리'에 지나지 않는다는 것도 조금은 알아들을 수 있을 것 같습니다. 그동안 나는 나 자신에게 고해하듯이 이 세상의 제단에 시를 바쳐왔습니다. 비록 그 꽃이 탐스럽거나 아름답

지 못해도 내가 살면서 느끼고 꿈꾸고 생각한 것을 내가 배
운 시라는 그릇에 담았습니다.


8


Y형, 우리의 우정이 시라는 낫지 않는 병을 통해서 생겨났
고, 40년의 그 우정의 지속도 시를 통해서였습니다. 시야말
로 하늘의 동아줄보다 더 질긴 우정의 끈입니다.

Y형, 두서없는 이야기를 들어주어서 고맙습니다. 밤도 깊
었으니 오늘은 이만 쉬도록 합시다. 쉬었다가 날이 밝으면
그때는 형의 이야기를 듣고 싶습니다. 친구여, 사는 동안 산
처럼 건강하소서.

# 연보

1944    전북 부안에서 출생.

1969    부안에서 초 · 중 · 고교를 거쳐 서라벌예술대학 졸업.
　　　　『월간문학』 창간 멤버로 편집부 근무.

1970~1997 『샘터』 편집부 근무.

1978    잠시 『학원』 편집부에 근무하다 다시 『샘터』 근무.

1997~1999 도서출판 여백 주간.

1999~2003 『들숨날숨』 편집위원.

2004    『착한이웃』 주간.

2005    한국가톨릭문인회 회장.


1966    『문학춘추』 신인상에 당선.

1967    문공부 신인예술상 수상.

1969    ‘칠십년대’ 동인지 발간(동인으로 강은교 김형영 박
　　　　건한 석지현 윤후명 임정남 정희성).

1973    시집 『침묵의 무늬』(샘터사) 간행.

1979    시집 『모기들은 혼자서도 소리를 친다』(문학과지성
　　　　사) 간행. 1쇄 2판이 군부 검열에 걸려 판권에 1판으

로 계속 발행.

1981    성서 예화집 『내가 찾은 숲속의 작은 길』(샘터사)
        간행.

1986    『한국 전래동요선』(샘터사) 엮음.

1987    시집 『다른 하늘이 열릴 때』(문학과지성사) 간행.

1988    현대문학상 수상.

1992    시집 『기다림이 끝나는 날에도』(문학과지성사) 간행.

1993    한국시인협회상 수상.

1997    시집 『새벽달처럼』(문학과지성사) 간행. 서라벌문학
        상 수상.

2000    시집 『홀로 울게 하소서』(열림원) 간행.

2001    시집 『침묵의 무늬』(문학동네) 재출간.

2004    시집 『낮은 수평선』(문학과지성사) 간행.

2005    가톨릭문학상 수상.

# 원문 출처

『침묵의 무늬』, 샘터사, 1973(재출간: 문학동네, 2001)

서시 / 鬼面 / 네 개의 부르짖음 / 벌레 / 잠시 혼자서 / 갈매기 / 능구렁이 / 나의 악마주의 / 뱀 / 그대는 門前에


『모기들은 혼자서도 소리를 친다』, 문학과지성사, 1979

개구리 / 풍뎅이 / 금붕어 / 올빼미 / 모기 / 내 가슴에 가슴을 댄 / 내가 당신을 얼마나 꿈꾸었으면 / 나는 네 곁에 있고 싶구나 / 同行 / 저승길을 갈 때는 / 斷想 / 지는 달 / 이 몸 바람 되어


『다른 하늘이 열릴 때』, 문학과지성사, 1987

가을 물소리 / 우리들의 하늘 / 떠도는 말들 / 오늘밤은 굿을 해야지 / 나그네 1 / 나그네 2 / 겨울 풍경 / 가을은 / 따뜻한 봄날 / 배추꽃의 부활 / 꽃밭에서 / 엉겅퀴꽃 / 별 하나 / 나이 40에 / 귓속말


『기다림이 끝나는 날에도』, 문학과지성사, 1992

상리 1 / 통회 시편 6 / 차 한잔 / 나이 마흔이 넘어서도 / 日記 / 밥 / 모래밭에서 / 기다림이 끝나는 날에도 / 내가 드는 마지막 잔을 / 너는 누구 / 아멘 / 만약에 / 변산 난초

『새벽달처럼』, 문학과지성사, 1997
扶安 / 무엇을 보려고 / 蘇來寺 / 德談 / 압록강 / 새벽달처럼 / 하늘과 땅 사이
에 / 독백 / 인생 / 화창하신 웃음 / 눈물 / 이름 / 누구신가 당신은 / 행복 / 들을
귀가 있으면 들으시라 / 알긴 뭘 알아 / 사랑의 꽃, 부활이여

『홀로 울게 하소서』, 열림원, 2000
네가 켜는 촛불은 / 엠마오로 가는 길에 / 저녁 연기 / 가라지 / 평화 / 네가 죄
로 죽으니 / 바람 / 前夜 / 자화상 / 수호천사

『낮은 수평선』, 문학과지성사, 2004
노루귀꽃 / 가을 하늘 / 수평선 1 / 올해의 목련꽃 / 촛불 하나 / 봄, 일어서다
/ 깊은 슬픔 / 告解 / 밤눈 / 거울 앞에서 2 / 수평선 3 / "너!" / 변산바람꽃 /
나의 시 정신 / 안녕 안녕 안녕 / 주님 안아보리라 / 행복합니다

문지스펙트럼

## 제5영역: 우리 시대의 지성